新雅兒童成長故事集

這個聖誕真特別

周蜜蜜 著

新雅文化事業有限公司
www.sunya.com.hk

新雅兒童成長故事集

這個聖誕真特別

作　　者：周蜜蜜
插　　圖：Sayatoo
責任編輯：甄艷慈
美術設計：李成宇
出　　版：新雅文化事業有限公司
　　　　　香港英皇道 499 號北角工業大廈 18 樓
　　　　　電話：(852) 2138 7998
　　　　　傳真：(852) 2597 4003
　　　　　網址：http://www.sunya.com.hk
　　　　　電郵：marketing@sunya.com.hk
發　　行：香港聯合書刊物流有限公司
　　　　　香港新界大埔汀麗路 36 號中華商務印刷大廈 3 字樓
　　　　　電話：(852) 2150 2100
　　　　　傳真：(852) 2407 3062
　　　　　電郵：info@suplogistics.com.hk
印　　刷：中華商務彩色印刷有限公司
　　　　　香港新界大埔汀麗路 36 號
版　　次：二〇一四年七月初版
　　　　　二〇一八年十月第三次印刷

ISBN: 978-962-08-6162-8

目錄

成長路上

阿濃

　　各位小朋友，你們這個人生階段，最重要的事情是什麼，你們知道嗎？

　　答案是：成長。

　　你們大概沒有看過養蠶，蠶兒在結繭之前有四次休眠，在這四次休眠之間，牠們只是不停的吃。一大筐桑葉倒下去，牠們就努力的吃吃吃，幾千條蠶兒同時吃桑葉，發出的聲音好像下大雨一般。牠們這般努力的吃，就是為了完成一個成長過程。牠們的努力使我感動，但牠們不知道牠們未來的命運卻又使我感到悲哀。

　　我參觀過雞場和鵪場，成千上萬的食用家禽困居在一個個狹小的空間裏，憑自動供應的飼料和水按日成長，到了規定的日子，被推出市場或屠宰場。

短促的無意義的生命使我為這種安排感到遺憾。更不幸的是有一種飼養方法叫填鴨，要把過量的飼料塞進牠們的喉管，人工地製造一種被吃的鮮美肉質。

電視上看過一種養鴨方法，看上去比較人道。養鴨人手持一根長竿，把一羣幼鴨從家鄉帶上路，經過一些河流和池塘，鴨子自己覓食，一天天成長。最後到了預定的目的地，牠們已經適合送進肉食市場。趕鴨人連飼料也省下，鴨的旅程比較快樂，只是結局同樣無奈。

人的成長過程完全是另一回事，成長的目標之一，是能發展為一獨立個體，能夠控制自己的生命，度過有意義的一生。這有意義的一生包括相愛、歡樂、創造和奉獻。無比的豐盛，美麗又富足。

人的成長可分為身體成長和心靈成長兩部分，兩部分同樣重要。家長、老師、政府都應該關心下一代的健康成長，供應他們最健康的食物，提供鍛

煉身體的適當設備，讓他們接受從低到高的完整教育。這是基本，不應忽略但長被忽略的卻是心靈的健康成長。我們看到有人搶購認為值得信賴的奶粉，卻沒有人搶購精神食糧的書籍。

古人已注意到心靈成長的重要，孟子的母親搬了三次家，就是想找到一處良好的環境，有利於孩子的心靈健康成長。

影響心靈成長的因素很多，首先是家庭，父母的教導和本身的行為都深深影響孩子。跟着是學校，學校的風氣，老師的薰陶，同學的表現，對兒童及青少年心靈的成長有決定性的作用。隨後是社會，政府的管治理念，公民質素，文化水平，影響着每家每戶每個個體的靈魂風貌，整體格調。

其實有一樣能兼任父母、老師、政府的教化工作，影響人類心靈至深至巨，曾經很難得，現在很普遍的物件，它就是書籍。從前有少數人出身於世

代都是讀書人的家庭，稱之為「書香世代」。如今教育普遍，圖書館林立，網上資訊豐富，要接觸書籍絕無難度。只是少年朋友的選擇能力還未足夠，他們需要有經驗的出版家和作家為他們製作有助心靈成長的書籍。

香港最專業的少年兒童出版社，新雅文化事業有限公司，擔負起這個重要的任務，有計劃的製作一個成長系列。邀請城中高質素的兒童文學作家，為他們寫書。做到故事生活化，讀來親切；觀念時代化，絕不落伍；情節動人，文字有趣。編輯部又加工打造，讓故事兼備思想啟發和語文學習功能。孩子們將會獲得一套伴隨心靈成長的好書了。

阿濃

原名朱溥生，教師，作家。曾任香港兒童文藝協會會長。五度被選為中學生最喜愛作家。曾獲香港兒童文學雙年獎，冰心兒童文學獎。香港教育學院第一屆榮譽院士。

傾聽大自然

「吱啾，吱啾。」

一大早，雲盈盈就被窗前的鳥兒喚醒了。

她睜大眼睛，追尋着那清亮清亮的鳥叫聲，只見有幾隻羽毛翠綠翠綠的小鳥，飛落在窗檐上，張開着淺紅色的小嘴，就像歌詠比賽似的叫得歡。同時，有幾道金燦燦的晨光，映照着鏡子般的窗玻璃，真有點像舞台上

的燈光呢！盈盈
看着，頓時覺得
小鳥們彷彿都成
為小歌星了。

她再也躺不
住，一骨碌下了
牀，踮着腳，悄悄的走向窗口。

這天是星期日，盈盈不用去上學，按
照一向的約定，爸爸會召集全家人到附近
的公園去「晨運」。眼見小鳥叫得開心，
陽光正好，盈盈知道，這必定是個春意綿
綿，非常美好的星期天，真恨不得和小鳥
兒一同歌唱啊。

「砰！」

隔壁突然傳出關窗的聲音，把盈盈嚇了一跳，小鳥們受了驚，一下都飛走了。盈盈很不高興，她知道，隔壁屋裏住了一位議員先生，有時候在電梯和入口大堂遇見他，總是低垂着頭，心事重重，精神不振的樣子。原來，他不愛聽鳥兒叫的啊。

真可惜，這一下，鳥兒飛走了，盈盈的好心情也被破壞了。她悶悶不樂地走到洗浴室去梳洗，再到飯廳吃媽媽煮好的早餐。

「盈盈，你怎麼啦？眉頭都皺起來了，碰上什麼不高興的事情嗎？可不要收藏在

10

心裏頭，講出來給我
們聽聽吧。」

爸爸看着盈盈的雙眼，説。

「唔，有幾隻漂亮又得意的小鳥，原本在我的窗前叫得好好聽，就像唱歌一樣的，誰知道隔壁那個人大力關窗門，把鳥兒都嚇跑了。」

盈盈不高興地説。

「哦，那真的是不好。你説的那個人，就是住在這同一層樓房的議員先生吧？」爸爸和媽媽互相看了一眼，説。

盈盈點點頭：「我想就是他。」

「那個人啊，我有時看見他從外面回

來，總是睡眠不足的樣子。也許是怕吵，
不想聽鳥叫吧。」媽媽說。

「奇怪，我越是聽到鳥叫，就越是會
覺得心情安寧，那是大自然的聲音呵，怎
麼會嫌吵的呢！」爸爸笑笑，說。

「我的感覺也是這樣。盈盈，快快吃
了早餐，我們趁着春暖花開的好時光，去
公園活動活動，保管你會聽到更多可愛的
鳥兒唱歌。」媽媽拍拍盈盈的肩膀，說。

「好。」盈盈應了一聲，不再生氣，
和爸爸媽媽一起吃美味可口的早餐。

就在這時候，隔壁的議員先生，把睡
房的門、窗關得緊緊的，躺在牀上，翻來

復去，心裏一片煩亂。其實，他從昨夜到現在，都是這樣，無法睡一個安穩覺。雖然他剛剛把歡叫的鳥兒趕走了，四周圍已經沒有任何嘈吵的聲音，但是，他的心充斥着各種各樣雜亂的聲音，令他煩惱極了：昨天在立法會開會，討論城市噪音的問題，有人說地產商不斷建造阻擋自然景觀的「屏風樓」，風炮、電鑽聲不斷，擾亂

了原居民的生活安寧；又有人說一些屋邨居民違法養貓狗，既不衞生，又十分嘈吵；還有人說越來越多鳥兒飛來這個城市，天天吱吱喳喳叫得嘈死人⋯⋯所有這些引起或反對或支持的議員發言，議會廳裏吵吵鬧鬧就像燒開一鍋滾燙的粥，害得他頭痛欲裂。

他當然是最痛恨噪音的，一向認為自己是最大的受害者，卻偏偏不能不處於噪音最厲害、最集中的地方。天啊！沒想到回家歇息，還不得安靜。他睜開失眠的眼睛，想起今天是星期天，不用開什麼討厭的會，發什麼討厭的言，才稍稍鬆了口氣，

賴在牀上，不願起

來⋯⋯

盈盈吃完早餐，和爸爸媽媽一起到附近的公園去。

今年的春天來得早，許許多多的花兒在園中的花圃盡情開放。盈盈認得出的有菊花啦，茶花啦，玫瑰花啦，杜鵑花啦等等，五顏六色，各有不同的美麗形狀和姿態，引來紛紛飛舞的蝴蝶和蜜蜂。盈盈越看越高興，忽地，只覺眼前一團團紅豔豔的小火苗在燃燒似的，仔細看清了，是一朵朵盛開的木棉花。一羣羣不知名的漂亮小鳥被吸引着，先後飛落在木棉樹上，唱

起動聽的歌。

「太好啦！真好聽！」盈盈差點鼓起掌來，但她沒有這樣做，生怕驚動了唱歌的小鳥。

「嗨，這就是大自然的美妙！」爸爸說。

「可不是嗎？」媽媽也走過來說，「可是，有些人成日躲在石屎森林裏，就是不會欣賞，不是嫌小鳥吵，就是怨木棉花飄絮，竟然提出要趕鳥砍樹，簡直是荒天下之大謬！」

「那怎麼行，破壞大自然，我們堅決不允許！」盈盈急得臉也氣紅了。

「嗯，我們得想辦法向議員先生反映意見。」爸爸神情嚴肅地說。

也不知過了多久，那個失眠的議員再也躺不下去了，掙扎着爬起牀，洗了臉，卻沒有胃口吃早餐。於是，他無精打彩地出門，準備到便利店買報紙看。

太陽光，金亮亮，

小鳥兒，聲聲唱，

啦啦啦，啦啦啦，

木棉樹，開紅花，

大自然，是我家……

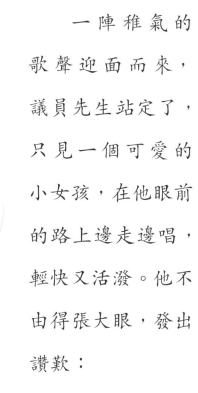

一陣稚氣的歌聲迎面而來，議員先生站定了，只見一個可愛的小女孩，在他眼前的路上邊走邊唱，輕快又活潑。他不由得張大眼，發出讚歎：

「小妹妹，你唱歌真好聽。」

「不，叔叔，你知道嗎？大自

然的聲音才是最好聽

的。」盈盈鼓起勇氣，大聲地說。

「什麼？大自然的聲音？」議員眨眨

發紅的雙眼，有些摸不着頭腦。

盈盈回頭看一下爸爸媽媽，他們都在

微笑。然後，盈盈再轉身向議員說：

「是的。你要是不相信，請去附近的

公園看一看，聽一聽，就知道啦！」

這個聖誕真特別

這個星期天，天氣很暖和。

樂趣兒一早上過鋼琴課，和同班好友楊小敏、梁寶珠一起，順道走過商場，再回去自家的屋邨。

「叮呤呤，叮呤呤，叮叮叮叮叮。」

一陣悅耳的聖誕音樂聲傳了出來，把她們吸引過去。

那是一間大百貨公司的門口，站着一位聖誕姑娘裝扮的售貨員，正在向來往的行人派發傳單。

20

「嘿，這裏有很多聖誕禮品出售呢！不如進去看一看！」

梁寶珠説。

「好啊！」

楊小敏立即響應。

樂趣兒隨即點了點頭。

於是，她們一起走進了百貨公司。

這裏的櫥窗裏、貨架上，到處擺滿了紅紅綠綠、各式各樣的聖誕禮品，吃的、玩的、用的，應有盡有，向人們擺出充滿誘惑的姿態，彷彿在擠眉弄眼地説：

「來吧！來吧！快把我買回家啦！」

楊小敏拿起了一個漂亮的髮夾，說：

「啊呀！真好看！如果聖誕節我有這樣的一件禮物，也不錯呢。」

梁寶珠聽了，說：

「我想要的聖誕禮物，才不會這麼小，一定要比這一個大得多的。」

楊小敏不服氣地說：

「哼，大的就是好的嗎？你到底想要什麼呢？」

梁寶珠指着另一邊的櫃枱，說：

「就是像那樣的名牌書包。」

她們一起走過去看。

「哇！價錢很貴呢！」

楊小敏說。

「那有什麼！一年才買一次禮物，我的爸爸媽媽也出得起這些錢的。」

梁寶珠說。

「趣兒，你想要什麼聖誕禮物？為什麼不

吭聲呀？」

　　楊小敏問。

　　「我還想不到，好像什麼也不缺的。」
樂趣兒說。

　　「那我們再到樓上去看看吧。」
梁寶珠說。

　　「不了。我怕家裏的人等着我回去吃
午飯，不能太遲回家，我還是先走吧。」

　　樂趣兒說完，就轉身穿過商場，走回
家裏。

　　＊　　　　＊　　　　＊　　　　＊

　　「媽媽，我回來了。」
　　樂趣兒一進門，就向着在廚房

忙碌的母親説。

「哈哈！媽媽炒菜好香呀。」

趣兒的哥哥健兒，也從房間走出來了。

「好啦！好啦！就差你們的爸爸了。先幫忙開飯吧。」

媽媽端着一碗湯，走進飯廳來説。

這時候，門一開，爸爸出現了，説：

「各位各位，我來報到，遲不會遲，早不會早，時間剛剛好，媽媽準時開飯啦！」

媽媽被逗笑了，説：

「你這個當爸爸的，沒點正經呢。」

爸爸收起了笑容，説：

「好吧，現在就説正經的。你們看，
這是什麼？」

健兒、趣兒和媽媽都瞪大了眼睛，只
見爸爸把一大堆信件放到桌上。

「這都是你從信箱取出來的信件嗎？」

媽媽問。

「可不是嗎！大多數都是售賣聖誕禮品的廣告，那麼多的紙張、郵資都被浪費了，真是離譜！」

爸爸生氣地說。

「唉！就是嘛。每年到了聖誕節，一些人就拼命推銷，一些人就拼命消費，造成很多不必要的浪費，把本來溫馨的節日白白糟蹋了，真是很沒意思。」

媽媽一邊翻動那些信件，一邊說。

「為什麼過聖誕就要花錢消費？我們不可以改變這樣的壞習慣嗎？」

健兒說。

「嗯，你這個想法不錯。」

爸爸說。

「我也同意哥哥的話。反正，我也不是很需要什麼聖誕禮物的啦。」

趣兒說。

「你們真的是大個仔、大個女了，都很懂事呀。現在應該提倡環保的觀念，減少無謂的消費，是不是就要從聖誕節做起啊？」

媽媽拍着趣兒和健兒的肩膀說。

「唔，非常好！那麼，我們全家人就來一個協定：這一次，我們要過一個特別的聖誕節，每個人把花錢的數目，減到最少最少，並且要盡可能做到環保。」

爸爸提議道。

「好！」

「贊成！」

「支持！」

健兒、趣兒，還有媽媽，都很雀躍。

「那就一言為定了！」

爸爸一揮手，再把那堆廣告信件牢牢地壓下。

    ＊   ＊   ＊

第二天是星期天。樂趣兒吃過早餐不久，就接到楊小敏打來的電話。

　　「趣兒，你做完功課了嗎？」

　　「昨天晚上就做完了。」

　　「那太好了！我和寶珠就在家的樓下，快出來吧，我們一起去逛逛。」

　　「逛什麼？去哪裏？」

　　「到商場裏面逛百貨公司啊。昨天你那麼快就走了，不是什麼禮物也沒有看中嗎？」

　　「啊，禮物，我不是說過不需要了嗎？而且，我有很多事情還未做。不想浪費時間就不跟你們去了。明天回

30

學校再見好了。」

　　趣兒放下電話，然後，就在自己的房間裏找出收藏的汽水罐蓋、用過的禮物包裝紙，還有一些小首飾，綁頭髮的小彩帶，小珠鏈等等，開始忙碌起來。

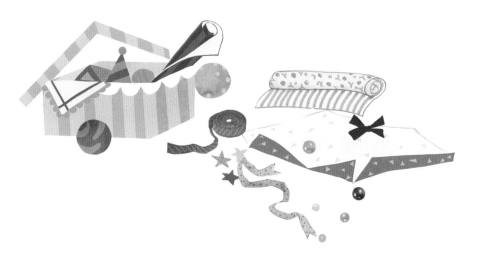

　　忙着，忙着，樂趣兒忽然聞到一股燒蠟燭的味道。這是怎麼回事？

她急忙跑出客廳，發現味道是從哥哥樂健兒的房間傳出來的，她急忙去敲哥哥的房門。

「為什麼敲門啊？」

哥哥開門，探頭出來問。

「你在搞什麼？大白天的，你那裏為什麼會有燒蠟燭的味道？」

哥哥眨眨眼睛，神秘地說：

「這是我的秘密，不關你的事。」

說完，就要把門關上。

樂趣兒的好奇心更強了，立刻走過去，拉着門把，說：

「什麼秘密？讓我看看嘛。」

哥哥擋住她：

「時候未到，不能看。」

這時候，爸爸媽媽被驚動了，他們從房間走出來說：

「你們兩兄妹發生了什麼事情？」

「沒事，沒事。」

樂健兒說着，把頭縮回去，關上了房門。

樂趣兒卻聞到了一種噴油的味道，正從爸爸媽媽的房間飄出來，忍不住問：

「爸爸媽媽，你們在房裏做什麼？」

爸爸媽媽互相

看一眼說：

「現在還不能公開，到時你就知道了。」

他們說完，又重新回到房間裏了呵，全家各人原來都在秘密行動呢。

樂趣兒眼睛一亮，也回到了自己的房間。

*　　　*　　　*　　　*

聖誕節前夕的平安夜到了，樂家所有人都坐在一起，高高興興地吃晚餐。

媽媽烤了美味的火雞，還有大家都喜歡吃的意大利麵，加上香甜的果汁，這是非常精彩美味的家庭聖誕

34

餐啦。

　　樂健兒和樂趣兒開胃地吃着、喝着，和爸爸媽媽講着學校裏的各種好玩有趣的事情，一家人不時地發出快樂的笑聲。

　　吃過晚餐，爸爸開了唱片機，播放聖誕音樂。

　　……平安夜，寧靜的夜……

　　美妙的歌聲，在空氣中傳揚。

　　媽媽和爸爸，就像變魔術似的，搬出了一棵非常精緻的聖誕樹，綠油油的樹葉，在燈光下特別好看。樂趣兒和樂健兒走近了去，才發現這棵樹其實是用各

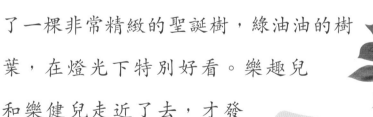

種廢紙加工造成的，真是別出心裁喲！

樂趣兒和樂健兒都拍手叫好。

「我也有好東西！」

樂趣兒說完，就到房間拿出許多自製的小飾品，掛到聖誕樹上，五顏六色，十分好看。

「好！趣兒做得好！」

媽媽摸着趣兒的頭稱讚。

「看我的！」

健兒說着，從自己的房間拿出一朵花型的蠟燭，趣兒忍不住叫起來：

「嘩！真漂亮！」

爸爸拿出火柴來，點着了，說：

「不錯！我知道這是健兒用舊年點過的蠟燭重新再造的，節省能源，又有創意。」

「好樣的！我們不用花錢，也能過一個很好的環保聖誕節呢！」

媽媽高興地說。

「可是……

趣兒有些猶豫地說：

「可是，我們沒有聖誕禮物了嗎……

「誰說沒有禮物？你們看，這是什麼？」

爸爸拿出幾個紙包，分派給各人。

「一、二、三、……」

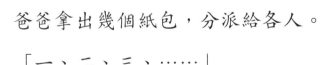

大家打開了，原來是不同的書籍。

趣兒説：

「謝謝爸爸，我正想看這本書呢。」

健兒説：

「這真是貼心的好禮物。可是，爸爸要花錢買了。」

爸爸搖搖頭，説：

「我沒有花錢買。這是我用你們看過的舊書，到小童群益會舉辦的圖書交換活動會去，和別人交換回來的。」

「太好了！」

樂趣兒開心得跳起來。

我愛馬拉松

　　這個星期天的清晨，天氣依然寒冷。

　　梁繼賢很早就起牀了，急急忙忙地穿好衣服，刷了牙，洗完面。

　　接着，他輕手輕腳地到廚房去，打開雪櫃，拿出一瓶牛奶來。

　　「誰？是誰在這裏？」

　　媽媽走了進來，儘管不願意，梁繼賢還是不能避免地驚動了家裏的人，只好老老實實地回答：「是我。」

　　媽媽微笑說：

「嗬，賢仔，這麼早就起來了，真是少見呢。你是不是想吃早餐，準備出去呢？」

繼賢點點頭：

「是的，今天學校有活動。」

媽媽一邊手腳麻利地走過來，從雪櫃拿出牛奶麵包、雞蛋等，一邊說：

「那你應該早些告訴我，讓我給你預備早餐嘛。」

繼賢說：「謝謝媽媽！但你今天不用上班，應該好好休息的。都怪我把你吵醒了，

對不起啊。」

　　媽媽把麵包放到烤爐，又煎雞蛋，說：

　　「傻豬，沒關係的。天氣冷，你一早出去活動，一定要吃飽早餐的啊。」

　　「是，知道了。」繼賢高興地說。眼看着媽媽像變戲法似的，轉眼間做出了香噴噴、熱騰騰的早餐來。

　　「唔，好香啊！」姐姐探頭進來，一眼看見繼賢，就瞪眼說：「真出奇！賢仔星期天也不睡懶覺，有什麼大事發生嗎？」

　　賢仔急忙說：

　　「沒事，沒事，學校有活動罷了。」

　　說完，就拿起早餐吃。

很快地，繼賢吃完早餐，走到附近的公園裏。

表哥丁家俊，出現在緩跑徑上。

「你來得真準時，一分也不差呢。」家俊對繼賢説。

「你比我來得還早，我們現在就開始練習吧，我帶了計時器的，可以幫助計時……」

繼賢説完，他們就一起緩步跑。

＊　　　＊　　　＊

清晨的空氣真新鮮，梁繼賢跟着表哥丁家俊慢慢

43

地跑，呼吸暢順，心情開朗。

　　他剛剛告訴媽媽和姐姐，今天要參加學校的活動，這其實只是個藉口。事情的原委是這樣的：上個星期，讀中學的丁家俊表哥，帶他到一個傷健人士工場去參觀、做義工。一向以來，梁繼賢由於沒有親哥哥，對表哥的感情特別深厚，又特別佩服。

表哥比他大幾歲，讀書成績很好，又熱心助人，經常參加有意義的校外活動。那個傷健人士的工場，就是表哥常常去做義工的地方。

在工場裏，梁繼賢看到所有在這裏工作的員工，都是四肢不健全的傷健人士，大多數都是行動不方便。但他們都很勤奮

地工作，生產、加工各種各樣的產品，比如圍巾、杯子、碗、碟等等。其中有一位安裝了義肢的叔叔，他用畫筆畫出了很漂亮精緻的禮品卡，不遜於真正的畫家。

表哥告訴繼賢這個工場是慈善機構舉辦的，讓員工們有合適的工作、有充實的生活。為了能令工場好好地辦下去，最近將舉辦一個馬拉松賽籌款活動，表哥很想報名參加。但是，他小時候曾經患過百日咳，呼吸道常有些小毛病，恐怕姨丈和姨媽不同意他報名參加。

「表哥，我支持你參加這麼有意義的活動！可惜我還未夠年齡，要不然，我也

要報名參加。」繼賢說。

「我知道你在學校是田徑好手，你以後還可以參加。參加馬拉松賽，為慈善基金籌款，這是我們的共同心願。如果星期天有空，你來幫我做預備訓練，也可做旁證，幫助說服姨丈姨媽，讓我報名參加馬拉松賽。」家俊說。

繼賢爽快地答應了。

於是，他們如約進行。

丁家俊在前面跑着，梁繼賢跟在後面計算時間和里

數，一切看起來很順利。

當跑到七公里的時候，梁繼賢越跑越慢，最後停了下來。

「怎麼啦？你為什麼停下來？」

家俊回過頭，大聲地問。

「不、不好，你、你看！」繼賢指着後面，神色吃驚又慌張。

丁家俊也停止了步伐，向着梁繼賢指着的方向望過去，只見繼賢的爸爸、媽媽，還有姐姐，都一齊跑過來了。

「啊！你的家人全跑過來了。怎麼回事？你犯了錯誤，離家出走，他們要把你捉拿歸案？」家俊走近繼賢，問。

「沒有呀。我為了保守秘密，沒有說出今天來練習的事。萬萬想不到，他們都來了……」

繼賢還沒有說完，姐姐已經一個箭步衝過來，笑着說：「哈！賢仔你不是回學校活動嗎？怎麼會和家俊在這裏的呢？快快從實招來！」

「這沒有什麼好保密的，阿賢，你把事實告訴大家吧。」

家俊對繼賢說。

這時候，繼賢的爸爸媽媽也過來了，繼賢便把事情的

前因後果都照實說。

「參加馬拉松賽，是好事情嘛。我和你媽媽、姐姐都報名參加了，所以現在也來練習。來，我們一起跑跑看。」繼賢的爸爸說，然後又領着大家一起緩跑。

跑了一會兒，大家坐下來休息，爸爸問繼賢：「賢仔，你這麼積極支持表哥參加馬拉松賽，但你知道什麼是馬拉松嗎？」

繼賢回答說：「我知道的。馬拉松（marathon）是一項考驗耐力的長跑運動。」

爸爸又問：「還有呢？家俊，你可以再說說更多的相關知識嗎？」

家俊答道：

「好 。在公元前四九○年，波斯帝國攻打希臘城邦雅典，弱勢兵力的雅典兵團運用卓越的戰術以少勝多，終於擊潰了波斯兵團。為了雅典城部的安定，預防叛變，雅典的將領立即派遣一位善於長跑的戰士費底彼得跑回雅典城報告戰勝的消息，這位戰士跑回雅典城時高喊『慶祝吧！我們勝利了！』說完便倒地力竭而死，同時亦防止了一場城內叛變的發生。 一八九六年在雅典舉行的現代第一屆奧林匹克運動會上，為了紀念馬拉松戰役和費底彼得，

特設立馬拉松長跑賽的項目。運動員從馬拉松平原起跑，大體沿着費底彼得當年跑步的路線到達雅典，長度為四十二公里又一百九十五公尺。我們這次準備參加的馬拉松慈善籌款活動，分全馬二十公里和半馬十公里。」

爸爸說：

「好，講得不錯，也跑得不錯，我會說服你的爸爸媽媽，讓你報名參加。」

「好啊！」

繼賢和姐姐一齊拍起手來。

＊　　　＊　　　＊　　　＊

比賽的日子來臨了！

這天一早，梁繼賢全家和表哥丁家俊，一齊到達馬拉松賽的集合地點。

許許多多的參加者，從四面八方趕來了，全都穿上同一款式的運動服，個個顯得精神飽滿，精力旺盛的樣子。

繼賢不是參加者，自然只能走到觀眾席上去。這裏也是人山人海，彩旗飄揚。

只見一些工作人員，十分緊張地四處走動着、指揮着。

還有一些主辦機構的負責人、政府官員，陸陸續續地到達。

在舉行

了一些儀式和

程序之後，馬拉松比

賽宣告開始，梁繼賢目不轉睛地

看着播放現場比賽實況的巨型屏幕。

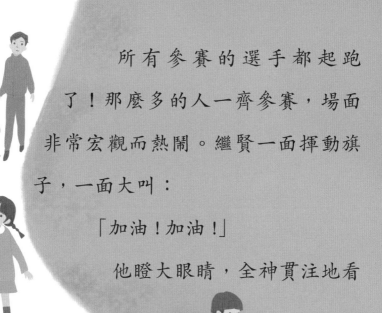

所有參賽的選手都起跑
了！那麼多的人一齊參賽，場面
非常宏觀而熱鬧。繼賢一面揮動旗
子，一面大叫：

「加油！加油！」

他瞪大眼睛，全神貫注地看

着參賽的選手，一輩跑上來，又一輩跑過去，他們之中，有男有女，有老、中、青等各種年齡各種身分的人，他們跑步的姿勢都很健美。每一個看起來都像是他的爸爸、媽媽、姐姐和表哥，但再看清楚，又不是很像……他不斷地看着，努力地辨認着。

忽然間，他看到一個身影，不由得呆住了：那一個參賽者，下身裝着義肢的，哎呀，他不是表哥帶他去參觀過的傷健工場那一位技藝高超的畫師嗎？竟然也來參加馬拉松賽，這需要多麽堅強的意志力呀！真了不起！

梁繼賢越看越激動，越來越興奮，喝采的叫聲也越來越高。

　　巨型屏幕上，有到達終點的選手衝線了！觀眾的歡呼響徹雲霄。繼賢也不顧一切地揮旗吶喊，熱辣辣的淚水和汗水一齊流過臉頰，也顧不上擦一把。

　　「加油！衝線！加油！」

　　他跳了起來，既為爸爸、媽媽、姐姐、表哥，也為傷健畫師，以至於所有參賽的選手歡呼，他們都是好樣的，馬拉松賽的勝利，完全屬於他們！

給爸爸的禮物

剛剛吃完晚飯，爸爸點燃了一支香煙。

「咳！咳！」

坐在旁邊的敏敏被那股難聞的味兒嗆得連聲咳嗽。

明明急忙用手捂住自己的嘴巴和鼻子，但一雙眼睛卻給煙熏得難受，冒出了幾滴酸澀的眼淚。

「哎呀，你少吸點煙行不行？這對誰都沒好處！政府不是忠告市民，吸

煙危害健康的嗎？！」

　　媽媽不滿地向爸爸說。

　　「你們都躲開點吧。對不起，我在公司忙了一天，工作多，令人又煩又悶的。現在回到自己家裏，難道想吸口煙都不可以嗎？」爸爸皺着眉對媽媽說，很不高興的樣子。

　　媽媽無可奈何地輕歎一口氣，收拾好飯桌上的碗筷，走進廚房去。

　　明明飛快地向敏敏打了個眼色，兩兄妹一起回到房間。

　　「真不好，爸爸

又吸煙了。」

　　敏敏總是先開口的一個，她和明明是
孿生兄妹，實際上她只是比哥哥遲了半個
小時出生，所以一有機會，她就要證明自
己的智慧並不比哥哥差。

　　「就是啊，這很成問題。」

　　明明坐在書桌前，用一隻手托着下巴，
神情嚴肅。

　　「而且是個大問題呢！」

　　敏敏接着説：

　　「你知道嗎？那天我們上健康教育
堂，老師拿出一幅彩色掛圖來，很嚇
人！上面畫着一支煙，把人的肺部燒

得黑黑的，焦焦的，非常可怕……」

明明不等敏敏講完，一拍雙手，説：

「掛圖？有了！」

他又拉開抽屜，找出一張白紙。

「哥哥，你要做什麼？」

敏敏好奇地問。

「現在你還不需要知道，先去做你的功課吧。」

明明一本正經地説。

「哥哥，我要知道，現在就要知道！」

敏敏撅起小嘴巴。

「不，當我讓你

知道的時候，你就會知道的了。」

明明一字一句，毫不含糊。

「那……勾勾手指，説話算數！」

敏敏還是不放心，伸出了小手指。

明明也不作聲，把自己的小手指伸過

去，勾了一下，再放開。

之後，敏敏心安理得地去做功課了。

第二天早上，爸爸從盥洗室出來，走到飯廳坐下，攤開當天的報紙，正要從桌上放着的煙盒拿出一枝煙來的時候，卻一下子怔住了：正對面的牆壁上，出現了一幅大掛圖，上面畫着一個粉紅色的人體肺部圖形，下面卻是幾枝香煙，燃燒起一堆火，熊熊的烈焰，把人體肺部圖形的邊緣燒得焦黑。爸爸下意識地望望那幅畫，再看看自己手中的煙，眼睛上的兩道眉毛又皺了起來。

　　這時候，媽媽端着煎雞蛋和三文治，走進飯廳來。

「喂，這是你和兩個小鬼搞的嗎？」爸爸指着牆上的掛圖，大聲地問。

「什麼？我？」媽媽有點摸不着頭腦，但定神一看，即刻忍不住「噗哧」地笑了：

「不是我，可這幅畫真有意思。」

「哼，有什麼意思！我們這個家又不是公眾場所，搞什麼反吸煙宣傳？我不要看到它！」爸爸的臉色一沉，把掛圖扯下來，扔給媽媽。

這一切，給踮起腳尖，躲在門後的敏敏全看在眼裏，她只覺得小鼻子酸酸的，快步走回房間，兩顆豆粒大的淚珠，滾出了眼眶。

「你怎麼啦？」

明明坐在牀邊，關切地問。

「爸爸他……」

敏敏抽泣着，斷斷續續地説：

「他、他扯下了那幅畫……」

「這樣嗎……」明明用手搔起頭來。

「哥哥啊，我們失敗啦……」

敏敏抹着眼淚，傷心得很。

「誰説的？」明明生氣了。

敏敏的眼淚似乎一下子
被嚇住了，她睜大眼睛，
不敢相信：

「那麼，你説我

65

們沒有失敗？」

明明搖搖頭，正要說話，房門「咯咯」地響了。

原來是媽媽，拿着那幅掛圖走進來說：「明明，這是你畫的嗎？」

明明點點頭。

「畫得不錯，不過，還是別掛到飯廳裏去。」

「為什麼？我們想幫助爸爸戒煙的啊！」

敏敏急得紅了臉說。

「你們的心意，我也知道，乖。」

媽媽摸摸敏敏的頭，說。

「但是要知道，爸爸的工作壓力大，一下子要他戒煙，是有困難的，他也會不高興。這件事，要慢慢來。現在你們快出來吃早餐，該上學了。」

這一頓早餐吃得好慢，大家都有心事啊。

出門上學的時候，敏敏拉拉明明的衣袖說：

「哥哥，你看到底有沒有辦法幫助爸爸戒煙？」

「那也不是沒有辦法的。可是，既要爸爸不吸煙，又要爸爸高

興，很難。」明明聲音低沉地説。

「嗯，這真是太難了。現在這件事，才剛剛開了頭，難道，難道就這樣不明不白的完了？」敏敏感到難過，嘴巴也扁了。

「還沒有完！」明明就像被刺了一下似的，高聲叫起來。他不喜歡看見敏敏這個樣子。

「你不要儘説些沒用的話，要想出有用的辦法來。」

「我？你要我想辦法？」

敏敏驚奇得張大嘴巴，舌頭也變硬了。

「就是你。你應該動動腦筋了。

今天放學後，我們一人想出一個辦法，再到老地方見。」明明說完，上他讀的男校去了，敏敏也回到她的女校。

什麼是老地方？這是明明和敏敏之間的秘密。那是在他們家露台對開的一處小空地，上面長着不高不矮的雜草，還有一些不知名的野花。雖然這地方很小很小，小得大人們都把它遺忘了，但在明明和敏敏的眼中，它可像是《綠野仙蹤》裏面的綠野一樣，神秘又好玩。以往有好多個傍晚，他們都到這裏來，跟鄰近的孩子交換一些有趣

的圖書、小玩兒，或是一
起玩捉迷藏、打野戰。

這天，當大廈的頂角只留下一抹陽光
的時候，明明就到達了。沒過多久，敏敏
也氣喘吁吁地跑來，遠遠就叫着：

「哥哥，我想到辦法啦！」

「噓⋯⋯」

明明用一隻手指壓着嘴唇，又指指樓
上的露台，敏敏一看，也不由得伸了伸舌
頭：媽媽正走出露台去收衣服呢。

待媽媽轉過身，明明輕聲說：

「你記得爸爸的生日⋯⋯」

「當然記得。我想的就是在爸爸生日

那一天⋯⋯」

　　敏敏興奮地打
斷明明的話，急不
及待地說着，聲音
也不覺提高了。

「唏，小聲點說話！」

明明一提醒，敏敏嚇得用手捂住嘴巴，再湊近明明的耳朵，悄悄地說下去。

明明一時皺眉，一時淺笑，一時點頭，到最後問：

「沒有啦？」

「就這麼多，講完了。」

敏敏很緊張地望着明明，就像等候老師評分那樣。

「現在你聽我的。」

明明煞有介事地低聲宣布，然後，把雙手圍成一個小喇叭筒，再對準敏敏的耳朵說話。

敏敏專心地聽着，不斷地點頭，末了，還很開心地「咭咭」笑起來。

「記住，要保守秘密！」

明明鄭重其事地囑咐後，兄妹二人才一起上樓回家。

　　　＊　　　　＊　　　　＊　　　　＊

轉眼之間，一個晴朗的星期天到了，爸爸比平日起牀遲了一些。他走到飯廳裏，恰巧媽媽端着一個大托盤走進來。

「嘩！好香！」

爸爸索索鼻子說，目光轉到托盤中，看見裏面放着一個大蛋糕。

「怎麼？這
又是你從電視烹
飪節目學來的試
驗品嗎？」

「什麼試驗
品，這是為你特
別做的。」

媽媽笑着說。

「為我？怎麼回事？」

爸爸有點莫名其妙。

「你看你，連自己的生日都忘了！」

「真的啊！今天是我的生日，你不
說，我還不記得呢。」

爸爸「呵」地一笑，恍然大悟。幫媽媽把蛋糕放上飯桌，又四處看着問：

「明明和敏敏呢？叫他們出來一起吃蛋糕吧。」

媽媽好像一下子才想起似的，也用目光尋找着說：

「咦，奇怪了，剛才還在這裏喝牛奶的呢。」

「是嗎？會不會回到房間裏了？」爸爸問。

媽媽走進房間去，但馬上又轉回來：

「不見人啦。」

「唉，怕是出去玩了，也不說一聲就走，小孩子嘛，就是不懂事。」

爸爸有點不高興地說，心裏頭又覺得煩悶，伸手拿起飯桌上的一盒煙，拆了開來，驚訝地叫：

「哎?!這怎麼不是香煙？」

媽媽也被嚇了一跳，挨近過去一看，爸爸手上夾着一枝外表和香煙一模一樣的東西，但實質卻是朱古力糖。爸爸一抖煙盒，露出了一張小小的卡片，上面畫了兩顆鮮紅的心型圖案，還附有一段文字。

媽媽看到，輕聲讀出來：

親愛的爸爸：

　　敬祝您年年有一個健康甜美的

生日，永遠沒有煩惱！

　　　　　最愛您的兒子明明
　　　　　　　　　　　　致意
　　　　　　　女兒敏敏

「這兩個小鬼頭！」

　爸爸忍不住笑了，親切地叫道。他的

心中實在有些內疚，又十分

感動，一拍媽媽的肩膀

說：

　「快啊，快把他們

找回來！」

於是，爸爸和媽媽一下子走到客廳，一下子走到盥洗室，大聲地叫喚：

「明明！敏敏！」

可是，都聽不到回應。

「他們究竟到哪裏去了？」

爸爸焦急地看着媽媽。

「他們……不會是 故意躲起來吧？」

媽媽尋思着説：

「我再找找看。」

説完，便走到露台。爸爸也緊跟着。

但露台空無一人，媽媽失望地説：

「算了，他們可能出去了。」

「不，你看！那不是我們的明明和敏敏嗎？」

爸爸伸手指着外面，激動地說。

「是啊！是啊！」

媽媽也看到了，就在對開的那塊空地上，明明和敏敏蹲着身子，腳下掘開了一個小土坑。只見他們把幾截煙頭，還有半盒香煙，通通丟入坑內，然後，很認真地蓋上泥土。

「為了爸爸的健康，你們安息吧。」

敏敏對着小土堆說。

79

「什麼安息呀？它們都是壞東西，不可以再出來害人！」

明明糾正說。

敏敏一聽，立刻站了起來，憤然說：

「呸！害人的東西，叫你永遠也不再見光！」

明明也站起來，用力地踩平土堆。

看到這裏，爸爸媽媽互相對望一眼，媽媽趁勢用手推一下爸爸：

「嗨，看你身為人父，還有什麼理由不戒煙？」

爸爸兩手一攤：

「你們出盡法寶來對付我，服了！

服了！」

　　說完，放聲大笑起來。

　　那笑聲可真響，直傳到空地上去，明明和敏敏吃了一驚，回過頭來。

　　這時，爸爸媽媽都看到，在金燦燦的陽光下，兩張稚嫩的臉蛋，就像兩朵盛開的小紅花，分外美麗、可愛。

見證奇跡

「鈴……」

下課鈴響了，課室的門一打開，同學們就像出籠的鳥兒，「吱吱喳喳」地叫着、跳着、笑着走出去。

所有學科都測驗過了，明天就開始放假，誰不高興呢？

偏偏就有不開心的人在這裏，楊仁傑就是一個，不過只是現在誰也沒有注意到他罷了。他把那張被老師批改過的，自以為是最最倒楣的算術測驗卷，

慢慢地塞到書包裏去，再慢慢地把書包提起來。唉，這一下，書包就像是裝了一塊倒楣的大石頭似的，變得沉甸甸了。

課室裏早就變得空蕩蕩的，楊仁傑的心情，也是空洞洞的難受。唯有班主任 Miss 王剛才在派發測驗卷時對他講的一句話，還反反覆覆、來來回回地在他的心頭震響。

「楊仁傑，請你的爸爸媽媽有空的時候到學校來和我談一談。」

談一談，談什麼？

一定是談我的算術測驗成績差了，退步了，不行了，不行……

楊仁傑大口
大口地喘着氣，艱
難地拖着腳步走
出課室。他不敢想
像爸爸，或者是媽
媽到這裏來和 Miss
王談一談的情景。

最好還是走
吧，快走吧。

就這樣，他
逃也似的走出了
學校。

但是，接着該到哪裏去呢？回家嗎？不！他還沒有想好，怎麼能把那張倒楣的算術測驗卷交出來。

　楊仁傑彷彿看見爸爸那道粗黑的眉毛，馬上就會緊緊地撐起來；而媽媽那兩片薄薄的嘴唇，就會開始抽動着，發出一串串的責罵，即刻把爸爸的怒火撩上來，很快地，雞毛掃就會橫掃過來……

　可怕呀！可怕！不能回去！萬萬不能回去！

　楊仁傑轉了個方向，走上了和回家去的路完全相反的街道，徑直走到一個商場的門口。

這是一間規模很大的百貨公司，他看見櫥窗陳列着嶄新的玩具，吸引了不少路過的人，尤其是小孩子觀看。

「爸爸、媽媽，我要買那款新的電子遊戲機！」

一個看來比楊仁傑小一些的男孩子，拉着一個男人和一個女人的手，向着櫥窗指指點點。

「明仔，家裏不是有好幾款電子遊戲機了嗎？怎麼又要買？」

被男孩子拉着的女人說。

「那是你們答應的。我考試成績好，有九十分，你們說過會獎勵我

的呀！」

男孩子嘟起嘴巴説。

「好，好，我們進去買。」

男人説着，把女人和男孩子都帶進去了。

楊仁傑站在一旁，只覺得兩眼一熱：那一款電子遊戲機，他也想要很久了，就連做夢也看得見。但是爸爸媽媽從來都不會買一部電子遊戲機給他玩。

「浪費時間，浪費金錢，把心也玩散了，無心向學怎麼行？」

他們總是兩口一聲地拒絕。

平時，爸爸媽媽一放工回家，看到楊

仁傑，就問：

「做好功課了嗎？」

……楊仁傑突然覺得臉上癢癢的，用手一摸，濕漉漉的，真丟人！怎麼能站在大街上掉眼淚呢？

他背起書包，衝上手扶電動梯，一直上到商場大廈的頂層。他一眼看見旁邊寫有「出路」字樣的一道門，走過去一看，是一條樓梯通道，他想也不想，便走了上去。

直到再也無路可走了，他才停住腳步。放眼一看，這裏是高高的天台，四周是大大小小的樓宇屋頂，一個人站

在這裏，覺得特別孤獨。

他丟開書包，走到天台邊緣的圍欄，

俯身下望，只見城市的街道、建築物等等，都變得很小很遙遠的樣子，就好像是放在沙盤裏的模型一般，來來往往的車輛，好比是一些小甲蟲子。而行人呢，簡直就像螞蟻那樣渺小。他們都各有各忙，急匆匆地走着，相互之間，毫不關心。這時候，有誰會注意到，這個世界裏有一個叫做楊仁傑的小學生呢？

……如果……如果我從這裏那麼一跳的話……

楊仁傑閉起眼睛，他現在看不見任何東西，這樣，也許就可以永遠不用把那張倒楣的測驗卷交給爸爸媽媽

看，也就永遠聽不到他們的責罵聲，永遠不用再回到學校去聽 Miss 王教訓了⋯⋯

「嗨，小同學！」

忽然，一個宏亮的聲音，直傳到楊仁傑的耳朵邊。

他吃了一驚，睜開眼一看，眼前出現了一個壯年男子。奇怪的是，他的上半身顯得十分健壯，但下半身卻完全相反，兩條腿膝蓋以下是傷殘的，坐在一張電動輪椅上。

啊！他怎麼會來到天台上的？

楊仁傑正想着，那人向他伸出手來，笑着說：

「哈！我在這裏還是第一次見到你，小同學！我們來交朋友，好嗎？」

「……嗯！」

楊仁傑猶豫着，終於也伸出了手。

對方的手緊緊一握，令楊仁傑感到溫暖而有力。

「我是吳大明。你呢？」

「我姓、姓楊。」

楊仁傑支支唔唔地只報了姓，還不想講出名字。

對方似乎也不在意，說：

「楊同學，你一個人上來做什麼？登高望遠，看風景嗎？」

楊仁傑心裏嫌他多管閒事，但是嘴上不好説，便隨口應了：

　　「嗯。」

　　「原來是這樣。我也愛上來看風景的。不過，當我第一次上來的時候，現在不怕告訴你，心情卻是很壞很壞的。」

　　楊仁傑沒想到他會這樣説，十分驚訝地望向他，只見他的神情變得很嚴肅，回望着楊仁傑説：

　　「為什麼？」楊仁傑忍不住問，心跳得很厲害。

　　「因為醫生告訴我，我的腿受傷非常嚴重，保不住了，要鋸掉。」

「啊！」

楊仁傑同情地看着他的殘腿，難過地搖搖頭。

那人……吳大明用大手拍拍楊仁傑的肩膀，又説下去：

「我拚命地拄着拐杖上來了，竟然讓我看到了奇跡。」

「奇跡？」

楊仁傑半信半疑。

「是啊，你很快也會看到的。喏！那不是嗎？來了！來了！」

吳大明用手指着天空，上面響起「昂昂」的聲音。

楊仁傑抬頭一看，是一架飛機在天上飛過。

　　「是飛機罷了，有什麼奇跡呀？」
楊仁傑說。

　　「嘿，這就是奇跡嘛。
你知道嗎？人類自古以來，
就夢想能飛行。經
過多少次

試驗失敗！你聽說過萊特兄弟嗎？」

　　楊仁傑搖搖頭。

　　「他們生長在美國，從小就對飛行有興趣，收集了很多前人的設計意念和試驗結果，然後再自行製作模型飛機，不斷試驗，不斷失敗，不斷總結。在 1903 年，他們使用動力裝置，成功進行了首次飛行，從此飛行邁向動力時代。到現在，我們看見的飛機，成功安全地在天上飛，這還不是奇跡嗎？」

　　「是奇跡。」

　　楊仁傑這次點了頭。

　　「所以說，我們都看到了奇跡。

而歸根到底，奇跡都是人創造的，我們有什麼理由隨便放棄自己的生命呢？在那一刻我想到了這些，就有新的力量去面對現實。結果，我自己也創造了奇跡，沒有了雙腿卻能重新回到足球場上。」

「真的嗎？」

楊仁傑瞪大了眼睛，望着吳大明。

「你不相信？請跟我來！」

吳大明開動輪椅，走向通道門口。

楊仁傑急忙跟着他下去。

不一會兒，他們到了附近的一個運動場。

一些穿着社區中心運動球衣的人，立

刻圍了上來，紛紛叫着：

「吳飛腿，你來啦！」

「咦！還帶了一個小徒弟來呀？」

吳大明微笑着，向大家介紹楊仁傑說：

「這位楊同學，是我的新朋友，想來看看運動場上的奇跡呢。」

「歡迎！歡迎！太好了！」

人們一齊說。

大家很快便開始踢球了。

吳大明一直在旁邊轉動輪椅，不停地在指導、示範射球技術。

楊仁傑看得開心起來，有時還忍不住拍起手叫：

「加油！」

「好球！」

不知不覺，太陽西下。運動場上的人們互相道別，漸漸散去。唯有楊仁傑遲疑不動。

「楊同學，回家吧，以後有空再來。」

「我⋯⋯不想回家⋯⋯」

「怎麼啦？」

吳大明關切地問。

楊仁傑咬咬牙，說出了測驗卷的事。

吳大明拍拍楊仁傑的肩膀說：

「沒什麼大不了的。你和我今天都看到了奇跡，相信你知道應該怎麼做的了。

來，我送你。」

到了楊仁傑的家門口，一按門鈴，媽媽出來開門，看到楊仁傑，就問：

「你回來了，測驗成績怎麼樣？」

楊仁傑還沒有回答，爸爸也走過來了，一眼見到吳大明，立即笑着說：

「哎呀，這不是以前有名的足球健將吳飛腿，我學生時代的偶像吳大明先生嗎？為什麼你和傑仔一起來的？你們什麼時候認識的呢？」

「我們今天一起看了奇跡。楊同學，你就從頭到尾講給你爸爸媽媽聽吧。我先告辭了，再見！」

吳大明向楊仁傑眨眨眼睛，轉動輪椅，離開了。

　　楊仁傑笑了笑，轉過身來，迎着爸爸媽媽詫異的眼光，穩步踏入了家門。

可貴的生命

　　明天就要開學了，王思明拿出書包來裝新的課本和文具，就像是重新召集自己的老伙伴、新朋友，特別好玩和興奮。

　　「思明，不要搞得太晚了，快收拾好，早些上牀睡覺，明天開學，可別遲到啊！」媽媽敲着房門說。

　　「知道了！」

思明高聲應道。

　　這時候，電話鈴響起來，媽媽過去接電話。

102

那是爸爸從醫院打來的。爸爸是醫生，常常要在醫院值班，非常忙碌。但這一次，爸爸是為祖母的病情打電話給媽媽的。兩天前，嫲嫲在家裏跌倒中風，送到醫院去急救，病情一直沒有好轉。爸爸告訴媽媽，嫲嫲現在的情況很嚴重，他今晚不回家了。媽媽決定要去醫院陪同嫲嫲和爸爸，囑咐菲傭姐姐照顧家裏的一切，又叫思明早些睡，就急急忙忙出門了。

*　　　　*　　　　*　　　　*

嫲嫲……嫲嫲還能好起來，還能回家嗎？

思明心裏多焦急啊！直到躺在牀上，

他的心緒也不能安定下來。他想起每當和嫲嫲在一起的時候，都是那麼愉快。從他很小很小的時候，就感到嫲嫲對他的特別疼愛。嫲嫲不僅常帶他到公園玩，還不時領他上圖書館，為他找一些好看又有意思的圖書。媽媽都說他的閱讀習慣，是嫲嫲一手培養起來的。思明也很愛嫲嫲，真希望她能長命百歲呢！但現在……

思明不敢想下去，一夜都睡不安穩。

早上起來，看不見爸爸媽媽，菲傭姐姐說他們整夜沒回家，電話又打不通，思明的心一下子變得像石頭墜子，沉

甸甸的。吃過沒有什麼味道的早餐，就悶悶不樂地上學去了。

　　＊　　　　＊　　　　＊　　　　＊

　　經過一個暑假以後，再回到學校，感覺還是很新鮮的。尤其是同學們紛紛走進新的課室，每個人的面貌都好像煥然一新似的。

李俊傑又高了半個頭，比比畫畫地講着自己參加籃球訓練營的生活；吳偉也告訴大家，他去加拿大探望舅父一家的所見所聞；張東健說他和家人到歐洲旅行好玩得不得了……把思明聽得心頭癢癢的，可惜上課鈴很快響了。

　　新的班主任是個男教師，姓洪，身材高大，目光炯炯，說話的聲音很響亮。他說，新學年開始，同學們長大了，也上升了一級，無論老師對我們，還是我們對自己，要求都應該更嚴格！

　　坐在思明旁邊的吳偉聽到這裏，偷偷地捅了思

明一下。

放學後，思明心裏惦記着嫲嫲，也顧不上和吳偉説話，就趕回家裏。

一進門，看見爸爸媽媽坐在客廳的沙發上，眼睛都紅紅的。思明的心猛然一跳，媽媽張開雙臂，摟抱住他，説：

「明明，嫲嫲去世了……」

媽媽説不下去，思明忍不住哭出來。

爸爸輕拍思明的肩膀，告訴他醫生已經盡力而為，嫲嫲一直醒不過來，也沒有受很大的痛苦。他勸思明不要太難過，只要記住嫲嫲對他的疼愛和期望就好。

吃晚飯的時候，爸爸媽媽回憶起嫲嫲

生前的一些事：
她煮的好吃的菜
啊，她愛去做義
工的社區辦事處
啊等等，都認為
嫲嫲活到八十多
歲，生命很充
實，一點兒也沒

有白過。

　　思明沒有說話，心裏也在想着嫲嫲曾
為他做的各種好事情，自然很同意爸爸媽
媽的話。

　　＊　　　　＊　　　　＊　　　　＊

當思明就要吃完飯的時候，接到吳偉打來的電話。

　　原來，吳偉打聽到，新的班主任洪老師出名管教很嚴，曾經有學生沒交功課，被他罰留堂，還要見家長。

　　「如果他這樣對我，我寧願去死了算！」

　　吳偉說。

　　思明聽得心煩，沒好氣地說：

　　「別亂講，你懂

109

什麼生和死！」

　　思明放下電話。

　　媽媽問：

　　「明明，你剛才是和誰講電話呀？」

　　思明就把吳偉打電話來說新班主任的

事告訴她。

　　「老師要求嚴格，是應該的，動不動

就說想死什麼的，這孩子是太任性，也太

脆弱了。」

　　「是啊。我每天在醫院裏，想盡辦法

也要把危重病人搶救過

來，因為人的生命最寶

貴，怎麼能輕易放棄？」

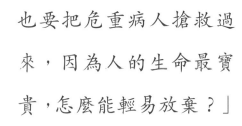

爸爸説。

這時候，電話鈴又響了，是李俊傑打來的。

「快看看電視新聞，看我們在校際運動會見過的小飛魚！」

李俊傑急急地説了一句，就收了線。

思明趕緊開電視看新聞，果然是小飛魚……那個游泳很了得的女生，但鏡頭前的她，是躺在病牀上的。她的父母憂心忡忡地説她患了心臟病，急需換一個健康的心臟，才能活下去。

「這是我們醫院的病人呢！」

爸爸看着電視説：「那麼小的年紀，

原來又是那麼健康活潑，無論如何，都要發動社會所有的力量，為她找到合適的心臟更換。」

「希望越快越好，在電視上呼籲，這方法看來最直接有效的。」

媽媽說。

小飛魚加油！爸爸和醫生們加油！

思明默默地握緊了拳頭。

*　　　*　　　*　　　*

星期天，所有親戚朋友都聚在一起，為王思明的嫲嫲開追悼會。

很多人輪流發言，

追憶嫲嫲勤勞善良，又很有意義的一生。

思明含着淚水，用心地聽着，把每一句話都牢牢地記住。

嫲嫲在年輕的時候就跟隨爺爺從鄉下來到這個大城市，為了生活，爺爺去建築工地做工，嫲嫲在家裏做膠花。

不久，他們有了一個兒子（就是思明的爸爸），接着，又有了一個女兒（思明的姑姑）。一天黃昏，爺爺在工地遇上意外事故，受了重傷，送到醫院搶救了兩天兩夜，還是不能挽回生命。傷心的嫲嫲帶着兩個幼小的孩子，無依無靠。為了生活下去，她想辦法進了製衣廠工作。日做夜

做，拚命加班，掙錢養大兒子和女兒。

就這樣，一對沒有父親的小兒女，在她的全心照顧下，健康地成長起來了。她更關注他們的教育問題。她差不多和子女同時上學⋯⋯子女上的是普通的小學，她上的是夜校，還經常抽空親自給孩子們補習功課。

結果，兩個孩子的讀書成績都很好。等他們長大了，一個當了醫生，一個在大學教書，非常出色。大家都說，曾經作為單親媽媽的嫲嫲，一生人勞苦功高，面對種種逆境和困難的局面，都非常

堅強，永不放棄。

　　大家的回憶越多，對嫲嫲的敬意就越加深。思明感動得淚流滿臉。

　　也不知什麼時候，爸爸遞給思明電話手機，上面有一條短訊：

　　「小飛魚已找到合適的心臟，下午做手術。」

　　思明兩眼一亮，心裏想，如果嫲嫲知道這個好消息，也會感到高興的！

怪病能醫

「咯咯咯、咯咯咯。」

媽媽敲着林志明的房門。

「什麼事啊？」

林志明不耐煩地說。

「吃飯啦！志明，怎麼還不出來呢？」

媽媽說。

「等一會兒吧，你先吃得啦。」

志明說。

「還等什麼呀？飯菜都涼啦，硬啦，
吃了會傷腸胃，無益的。」

媽媽說。

「哎呀，你不要嘈，越嘈我就越不行了，腦子都被嘈亂了⋯⋯」

志明還沒有說完，媽媽就焦急地邊推門邊叫：

「怎麼不行了？你發生什麼事情啦？」

媽媽走進林志明的房間，只見他低着頭，神色緊張地對着平板電腦，不停地用手指在上面點點撥撥。

「你這是在玩電腦遊戲啊，從放學回來就玩到現在，真

是……」

「不要嘈！不要嘈嘛！就差這一局啦，讓我玩完再說好不好？」

志明頭也不抬地打斷媽媽的話。

「你呀！就會埋頭埋腦地打玩遊戲，什麼都不理，這怎麼行！」

媽媽生氣地說。

「我回來了。」爸爸的聲音，在客廳裏響起來。

媽媽立即應聲走出去。

「真累！」

爸爸坐在沙發上，用手按着肩膀說：

「這頸椎又痠又痛的。」

媽媽過去給他按摩，説：

「你今天做什麼了？」

「沒有什麼特別的，就是對着電腦打文件。」

媽媽説：

「也許這就是人們常説的五十肩，肩膀發炎吧。」

這時，志明走出來，皺着眉頭説：

「我也有五十肩，肩膀痛得很喲。」

爸爸媽媽嚇了一跳，説：

「什麼？別開玩笑了，你還不到十歲，怎麼會有五十肩？」

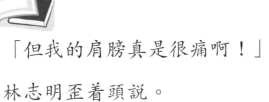

「但我的肩膀真是很痛啊！」

林志明歪着頭說。

「我看你八成是對着電腦玩遊戲，玩得太久了，肩頸過度疲勞。無論如何，現在先吃飯，我再和家庭醫生約一個時間，給你檢查一下吧。」

媽媽說完，就去開飯了。

*　　　*　　　*　　　*

第二天，林志明回到學校，班主任王老師走進課室的時候，女同學梁敏儀舉手說：

「Miss 王，我看黑板上面的字，矇矇矓矓的不清楚，可不可以讓我調整到前排

的座位上坐呢？」

　　王老師說：「梁敏儀同學，你的個子高，眼睛原來也沒有近視，坐在後排是合適的。但是，如果看不清黑板上的字，也許是你的視力有了變化，我要通知你的家長，近期帶你去醫生那裏檢驗視力，找出原因，進行治理。現在，我把你調到前排靠邊的位置吧。」

　　就這樣，梁敏儀調到林志明前面的座位上去了。

　　開始上課了，王老師讓大家打開課本。

　　「糟糕！這些

字都模模糊糊的，看也看不清……怎麼辦啊？」

梁敏儀突然驚叫。

「你的眼睛是不是也有近視了？給你戴上我的眼鏡，試試看吧。」

坐在她旁邊的楊美美說。

「這不行吧？還不知道我是不是近視了，而且即使是的話，我和你的近視度數也不一樣的……」

梁敏儀疑惑地說。

「有什麼問題嗎？」

王老師走過來，詢問情況。然後說：

「梁敏儀同學，你的眼睛真的是有問

題了，我暫時先借給你一個放大鏡看課本。放學之後，你請媽媽馬上找醫生給你檢查眼睛，越快越好。」

王老師説完，就在講台的抽屜裏，拿出一個放大鏡，遞給梁敏儀。

「得、得、得……」

這時候，林志明旁邊的桌面上，忽然傳出了奇怪的響聲。

「吳卓華同學，不要用手指敲桌子！」

王老師説。

大家都把目光投向林志明的身邊——只見同桌的吳卓華，右

手的食指不停地在動作，一時碰到了桌面，就發出了響聲。

「報、報告 Miss 王，我、控制不了我自己的手指⋯⋯」

吳卓華站起來，哭喪着臉説。

「為什麼？」王老師問。

「我也不知道。今天早上起牀，我這隻手指就變得麻痹，很難控制。」

吳卓華説。

「你有沒有告訴爸爸媽媽？」

王老師又問。

「我、我不敢，我、我怕自己得了怪、怪病，嗚 .....」吳卓華哭了起來。

吳老師拍拍他的肩膀，說：

「不要怕，先查出病因，再對症下藥，任何病痛都可以醫治的。吳卓華同學，你是不是常常用平板電腦呢？」

「是、是的。」吳卓華說。

「你昨天用電腦，用了多長時間呢？」王老師問。

「我不知道，沒有計算，只是有空就用電腦上網，玩遊戲。」吳卓華說。

「這恐怕就是問題所在了。一個人長時間地用手指點撥平板電腦，尤其是你們這樣年齡的孩子，

身體機能還未完全發育健全，手指的神經很容易受到損傷。」

　　王老師說到這裏，林志明歪着頭叫了一聲：「哎喲！」

　　王老師轉身向着他：

　　「林志明同學，你的脖子怎麼了？」

　　林志明用手搓着脖子：

　　「很痠，很疼。」

　　王老師問：「你昨天在家，也是長時間用電腦嗎？」

　　林志明忍痛點點頭。

　　王老師走到黑板前面，向着全班同學說：

「現在有不少同學得了奇怪的病痛，需要追尋病源，這很重要。除了通知家長，找醫院檢查身體之外，這個星期六，我將約請專家來這裏，安排一個特別的活動。」

* * * *

星期六的課外活動時間，所有的同學，連同家長一起，都到學校來。

王老師笑瞇瞇地把大家帶到禮堂。

這裏張掛、展示出很多圖表和照片。

一位戴着眼鏡的年青人出現了，王老師向大家介紹，他是健康顧問何醫生。

「各位同學、各

位家長，歡迎大家來參觀一個特別的展覽。」

何醫生說着，帶領大家走進禮堂。

接着，他讓大家一邊看圖片一邊講解。何醫生告訴大家，目前，有不少中小學生埋頭使用電腦，或是學習需要，或是玩電腦遊戲。但是，長時間坐在電腦前可能導致「鼠標手」、乾眼症、頸椎病等「電腦病」。

所謂「鼠標手」，是指食指或中指疼痛、麻木，大拇指肌肉反應遲鈍無力，引發「腕關節綜合症」；乾眼症是指眼睛痠痛、乾澀；頸椎病則導致腰痠背痛、肩膀

麻木。要緩解「電腦病」，首先應避免長時間使用電腦，使用時眼睛距顯示器要大於 70 厘米；房間的亮度要和顯示器屏幕的亮度相同，亮度調整適宜；電腦桌的高度要與孩子身高相適合；不要用力敲打鍵盤及鼠標的按鍵。

另外，開機狀態的顯示器周圍會形成一個靜電場，它差不多會把整個房間空氣中懸浮的灰塵吸入自己的場中，從而使面部皮膚受到刺激，出現過敏起疹等現象。要預防皮膚過敏，應經常開窗換氣，經常清潔鍵盤，不使用時將鍵盤用布遮蓋；還可在電腦桌上擺一盆仙人掌，因為仙人掌

的針刺能吸收灰塵。

　　看完展覽出來，大家都覺得收穫不少，對於「電腦病」有了明確的認識，連林志明的爸爸，也覺得展覽傳達了非常重要而實際的訊息，以後使用電腦，一定會多加小心和注意。更要常常提醒孩子，不要長時間地過度使用電腦。

　　最後，何醫生還教大家做一套保健操，有助於活動肩膀、脖子和四肢，林志明、吳卓華和梁敏儀，以及其他同學，都感到身體舒暢，增添了新的活力呢。

作家分享・我想對你說

　　在繁華的都市中生活，每天聽到的聲音是什麼呢？

　　相信你會說有汽車的喇叭聲、行人的嘈雜聲、建築樓盤的打樁機聲、各種擴音器發出的樂曲聲、朗讀聲等等，組成了煩囂的都市聲浪，不斷地襲擊我們的聽覺神經，令人難以忍受。在這樣的環境下，你可曾想到，走入大自然中，用心傾聽大自然的聲音呢？

　　一年一度最熱鬧的節慶——聖誕節，人人都忙於購物送禮的活動，你可曾想到，除了消費金錢和物質，還可以做一些什麼更有意義的事情呢？特別是為了保護環境，怎樣過聖誕節會更好？

　　馬拉松賽跑活動的舉行，往往令大家感到興奮，你可曾想到，在每一個參加者的背後，都可能會有一個動人的故事？

　　有些爸爸會有吸煙的習慣，作為他們的子女，你可曾想到，從愛護他們以至家人的身體健康出發，

能做一些什麼有益的事情，給他們送上有益身心的禮物呢？

世界有奇跡，生活有奇跡，你可曾想到，自己也會是這些奇跡的見證人之一？

人的生命，是非常寶貴的，生老病死，是每一個生命所經歷的必然過程。你可曾想到，怎樣才能活得更精彩，讓生命發出更大的熱和光？

現代人的工作和學習，常常離不開電腦這「萬能工具」，你可曾想到，它既會帶來種種方便，也會帶來種種毛病，怎樣才能正確地使用電腦，防止不良的後果呢？

親愛的小朋友，我就是在上述的思考之中寫成這本書中的七個故事，其實都是和我們的生活有關，希望你們閱讀以後，可以和我一起思考、一起探索，從而得享生活的樂趣和體驗真、善、美的人生意義。

——周蜜蜜

仔細讀，認真想

看完本書之後，你心裏有什麼感想或收穫呢？請結合下面的思考題，仔細想一想。

1. 你認為大自然的聲音是什麼？你會如何傾聽呢？你猜議員先生會知道什麼是大自然的聲音嗎？為什麼？

2. 健兒和趣兒一家度過的這個聖誕節有什麼特別之處？你又是怎樣過聖誕的呢？

3. 為什麼要參加馬拉松比賽？你可以訪問一兩個選手，請他們談談感受。

4. 爸爸喜愛明明和敏敏送給他的禮物嗎？為什麼？如果你爸爸也吸煙，你會用什麼方法令他戒煙呢？

5. 楊仁傑見證了什麼奇跡？他的想法有什麼改變？如果你的考試成績不理想，你是怎樣看待的呢？

6. 為什麼說生命是可貴的？說一說你的體會。

7. 你有沒有見過或者得過《怪病能醫》這個故事中說的怪病？怎樣才能治好呢？

勤思考，學寫作

　　小朋友，我們可以從作品中學習作者的寫作技巧——包括詞語的準確應用，修辭手法，人物肖像及動作、細節的描寫等，這些都有助於提升你的寫作能力喲！你來看一看，學一學吧！

1. 詞語賞讀

　　例子一：對症下來——針對病症開處方用藥，比如針對問題所在，做有效的措施。

　　書中例句：不要怕，先查出病因，再對症下藥，任何病症都可以醫治的。（《怪病能醫》）

　　賞讀：這是故事中老師說的話，準確明瞭，點出主題。

　　例子二：勞苦功高——形容辛勤付出，功勞很大。

　　書中例句：大家都說，曾經作為單親媽媽的嫲嫲，一生人勞苦功高，面對種種逆境和困難的局面，都非常堅強，永不放棄。（《可貴的生命》）

　　賞讀：以「勞苦功高」一詞來評價故事中嫲嫲的一生，恰如其份。

2. 句子賞讀

例子一：這裏的櫥窗裏、貨架上，到處擺滿了紅紅綠綠、各式各樣的聖誕禮品，吃的、玩的、用的，應有盡有，向人們擺出充滿誘惑的姿態，彷彿在擠眉弄眼地說：「來吧！來吧！快把我買回家啦！」（《這個聖誕真特別》）

賞讀：這裏用了擬人的手法——「向人們擺出充滿誘惑的姿態，彷彿在擠眉弄眼地說」，寫出了聖誕禮品的豐富和對人的誘惑，十分生動。

例子二：楊仁傑大口大口地喘着氣，艱難地拖着腳步，走出課室。他不敢想像爸爸，或者是媽媽到這裏來和 Miss 王談一談的情景。（《見證奇跡》）

賞讀：楊仁傑考試成績不理想，文中用「艱難地拖着腳步，走出課室」形象地表達了他的心情沉重。

例子三：新的班主任是位男教師，姓洪，身材高大，目光炯炯，說話的聲音很響亮。（《可貴的生命》）

賞讀：用身材、目光和聲音描寫人物形象，鮮明突出，令人印象印象深刻。